U0573791

EN LA QUIETUD DEL MÁRMOL

En la Quietud del Mármol 在大理石的沉默中

Teresa Wilms Montt

[智利] 特蕾莎·威尔姆斯·蒙特 ● 著

李佳钟 ● 译

漓江出版社

TERESA WILMS MONTT

目录

泰蕾丝·德拉克鲁斯 *

人们注视着她路过，窈窕又灵动，留着短发，拿着一根傲慢的小手杖。大家不禁猜测，她是一位来自俄罗斯芭蕾舞团 ** 的舞者吗？还是来自巴黎的美人？或者，她只是一个北美的暴发户，买下了世上最大最纯净的两颗绿宝石，将其放在了自己的眼里。

事实上，我并不知道她来自哪里。但我知道，

---

* 泰蕾丝（Thérèse）为特蕾莎的法语名，她也曾用特蕾莎·德拉克鲁斯（Thérèse de la Cruz）作为笔名。其中，"克鲁斯"有十字架的意思，序言作者在后文中一句提到的"在十字架之后"也是在玩文字游戏。另外，"德拉克鲁斯"可以理解为"来自／源自十字架"，结合她曾经在修道院的经历，这个笔名或许有些宗教意味。西语原版这里的"克鲁斯"直接用了一个十字架的图案代替。

** 俄罗斯芭蕾舞团是 1909 年由谢尔盖·狄亚基列夫创立于巴黎的一个芭蕾舞团，1909 年至 1929 年间在欧洲及南北美巡回演出。虽然叫作"俄罗斯芭蕾舞团"，但实际上它从来都没有在苏俄演出过。它是二十世纪最有影响力的芭蕾舞团之一，斯特拉文斯基、德彪西、普罗科菲耶夫和莫里斯·拉威尔都曾为它谱写过作品。

确信，她不属于这里。她来自大洋彼岸，来自天空之上，来自人类以外，也可能来自灵魂尽头，如同一个梅特林克*剧中的人物，在海雾和黄金的奇迹之泉深处找寻皇冠。

特蕾莎！或是泰蕾丝？还有德拉克鲁斯！非她所想，非她所愿，在十字架之后，躲藏着魔鬼。对我们这些善感可怜的男人来说，她就像圣安东尼奥的坏朋友**，有着致命的诱惑和蜜语甜言。她甚至知道要从唇间给予那些向她靠拢的可怜虫一点点恩赐："喂，我们可是朋友！"

的确如此……这个因为美貌而背负诅咒的女人不仅仅是个作家，还是个伟大的作

---

* 莫里斯·波利多尔·马里·贝尔纳·梅特林克（Maurice Polydore Marie Bernard Maeterlinck），比利时诗人、剧作家、散文家，1911 年诺贝尔文学奖获得者，其作品主题往往关于死亡及生命的意义。

** 这里指魔鬼。圣安东尼奥（英文翻译为圣安东尼）是一个圣徒，他曾遵从耶稣的教导，变卖家产分发给穷人，然后隐居于山中。期间魔鬼化身为各种幻影对他进行诱惑，他都不为所动。有多位艺术家以《圣安东尼的诱惑》为题进行创作，比如福楼拜的长篇小说、老彼得·勃鲁盖尔及博斯的画作等。后半句提到的"诱惑"也在对此呼应。

家——她要是个留着学院派胡子的男人，早就挂满勋章，荣誉等身。

她仅仅是，仅仅是，一个女人，一个比其他女人都漂亮的女人。谁没有爱上过她呢？谁未曾在她危险的唇边感觉到一种无尽的可怕情感呢？谁不想献上自己的灵魂来博她一笑呢？

她只是回答：

"喂……"

只是某天，当她面对一位殉道者疯狂的双眼，她那双明亮的绿宝石眼眸，会有泪光闪烁。但之后，她会如幼狮抖动狮鬃，英勇地撕开自己的胸膛，露出其中的尸体……

因为这个天才又疯癫的丫头，终其一生用微笑灌溉了明亮的珍珠，却是个备受折磨的可怜人。她为不存在的人而痛苦，胜过那些为她而死的人。

我对她说：

"您不属于这里；您属于别的民族，别的种族；您只能活在睡美人的森林或是万神殿里；你是异族崇拜的偶像……"

她笑了，一半是孩童，一半是恶魔。

"才不是呢！您疯了……"

我们两个谁更疯呢？当然是她。她是个天才，这是疯狂的标志——华丽且致命。而我，一无所有，除了那双用来唤醒死去爱人的殉道者的眼睛。

戈麦斯·卡里略*
1918 年 5 月 18 日于《自由日报》

---

* 恩里克·戈麦斯·卡里略（Enrique Gómez Carrillo）：危地马拉文学评论家、作家、记者及外交官。

在大理石的沉默中

说明 *

　　我不想删去这些篇
章中的任意一行，因为
这会抹杀这些语句散发
出的不由自主的悲痛，
也会掩盖那个写下这些
诗句的灵魂曾遭受的痛
苦折磨。

* 此说明为特蕾莎本人所写。

献祭

　　我把我的书当作温柔的祭品，带到你的脚边，深埋在你的脚下，你的双脚就像是给我带来灵感的最清新的香水。

　　你高贵地躺在纯洁、沉默的大理石之下。在那将世间丑态和你分开的漫长小路上，我慢慢将自己的灵魂从炎凉的人性羁绊里剥离；我用血淋淋的献祭净化自己的灵魂，只为将它奉献给你——它是那样清澈，就像一眼从未被日光侵蚀的泉水。

　　不要害怕我的书页会在你的床榻留下不洁的痕迹。尽管你已经用死亡升华自己，我却在失控的痛苦漩涡中剥尽烂泥般的外壳，救赎自我。

　　接受我鲜花般甜美的祭献吧，这不会惊

9

扰你的美梦。

　　接受它吧，我用我纯净的双眼将它献给你，面色宁静，朝向将要审判我的世界，灵魂轻盈空虚，如同香炉中的一缕青烟。

泰蕾丝·威尔姆斯
1918 年于马德里

I

献给阿奴阿利，他在这棺材中永恒沉睡。

献给他……我的阿奴阿利，没人能把他从我手中夺走。因为我的爱情，我的爱情和痛苦，赋予我完全占有他的权力。占有他沉睡的身体和闪光的灵魂。

是的，阿奴阿利，这本书是献给你的。你不是跟我求过婚吗？在那个午后，你的手握在我的手里，你的眼睛含情于我的眼睛，你的嘴纠缠着我的嘴，亲密无比。而我，以我整个灵魂，对你说：我愿意。同时在内心深处亲吻你。

你记得吗，阿奴阿利？

II

即使泪纱遮蔽我的双眼，死结紧紧扼住我的喉咙，我也能书写你的名字。

为何你要离去，我的爱人？为什么？我每天问自己一千次，两千次，却找不到任何答案来缓解我灵魂的剧痛。

是啊。你为何离去，阿奴阿利，为何不把我一起带走？

我看着你的画像，怀着一个母亲、一个新娘、一个为爱癫狂的情人的激情，我试着从你的目光中抽离出那个撕毁你我生命的巨大谜团。

啊，我的宝贝！当冷酷无情的命运夺走了我的两个亲生女儿，我以为我的痛苦已经突破了人类的极限。但那并没有。是你，让

我绝望的哀号传至上帝的王座，在颤抖中发
出圣徒般可怖的呼喊。怎能对一个弱小的婴
孩如此残忍，没有给她足够的力量来承受鞭
挞，还把她抛弃在痛苦之中。是的，你的悄
然离去，让我在无穷无尽的虚空边缘痛苦不
堪；我孤独无助，渴望温情，只想歇去睡去，
向死亡投降……

III

你曾在给我的信中写道：

"为了残存的爱
和生命的抵抗（和我们的抵抗，对吗特蕾莎）。"
"没有什么比远方
更甜蜜，更悲伤。"

是的，阿奴阿利，"没有什么比远方更甜蜜，更悲伤*"。所以你走了。

我又重读了那封信，它总是让我绝望，我只能将其化为啜泣。

你的信，你的画像，还有枯死在你灵枢上的花，都是我病态般贪婪留存的圣物。它

* 此句及以上引用部分在原文中为意大利语。

们组成了我的全部理想，全部生命——我并没有提到快乐，因为那对我来说已经不复存在。

　　我还保存着两颗螺钉——掘墓人用坚硬又毫无怜悯的手把它们钉进了你的棺材。在我死去之日，它们也会被钉进我的大脑——在那里，还镌刻着你深邃而不可磨灭的形象，仿佛那是千百年来，岁月在冰封的岩石上留下的刻痕。

　　阿奴阿利，阿奴阿利！如果你能苏醒，我甚至愿意给你我的意识；我愿唯唯诺诺恭顺于你足下，如同你的奴隶，看着你，感受你那如银白色瀑布落下般的笑声，这足使我心满意足。我别无所求，只愿再一次，让你的吻印在我的额头。

阿奴阿利，醒醒吧！回到我温暖的怀抱吧，我会给你唱歌，直到我变成包含你名字的一个小小音符。

IV

　安息吧，阿奴阿利。我将永远属于你。
我已将我的身躯化为一座神庙，那里供奉
着你的亲吻和温存，还有我最为深沉的
崇拜。

　我将你的微笑，像匕首一般钉在我目光
的停留之处。你微笑时的双唇犹如血红的
花蕾，牙齿洁白饱满，好似闪闪发亮的种子。

　阿奴阿利，你的微笑是一种毁灭的欲
念，扼杀了我所有的笑容，唤起我内心夜
半闪电般的不安。它是珍珠贝制成的毒药，
渗入我心脏，最后将我麻痹。

V

阿奴阿利，我召唤睡梦中的你，我想象永远沉睡的你。

你的睫毛在你乌黑的眼圈上投下的圣洁阴影，化作黑妖蛾*的两翼，在我灵魂里轻轻柔柔地散开。

是啊，阿奴阿利。那晚，我一生中最幸福的夜晚，你靠着我的肩睡着了，那是多么亲密啊我的宝贝，连我的呼吸，都成了哄你入眠的摇篮曲。

你年轻的嘴唇如饥似渴，激吻我的大脑和心脏，就像一只贪恋花蜜和花香的蜜蜂。然后你睡去了，我的宝贝。

---

* 一种分布在美洲的飞蛾，又被称为黑女巫。在一些神话传说中，它的出现预示着死亡和不幸。它的名字源于希腊神话中的阿斯卡拉福斯，即阿克戎河（五条冥河之一）神的儿子。

你睫毛的阴影，是为我遮阳的帷幔，在混乱的晕眩中，它们将我带去你坟墓的国度。

　　那晚，我一生中最幸福、最特别的夜晚，你的头枕在我的胸口，在那里它找到了梦中的欢愉，还在找寻永恒的枕头。

VI

　　我从沉默深处将你的目光带回；我召唤你的双眼……而我颤抖不已。尽管死亡已将你的眼神熄灭，你的双眼却仍对我放出光芒。它们迷人的魅力还未消散。

　　它们是两座蓝色的灯塔，给我指引永恒的壮阔航向；它们是一等星*，望向我伤心的最深处，在那痕迹上继续穿凿、扩大，直到打开一个犹如新世界的无尽缺口。

　　你迷人的眼睛，是你至美灵魂的写照，如今它们栖息在我的大脑中，由我生命滋养，在我永不枯竭的泪泉中熠熠生辉。

　　阿奴阿利，你的眼睛将我与你的生命相

---

*　星等为天文学术语，是指星体在天空中的相对亮度。一等星可理解为最亮的星星。

连，如今它们在你的坟墓中拖拽我、引诱我，
使我意乱情迷。你的双眸是深渊边缘的两
块磁石，我感受到那强大的吸引……

VII

　　在我思绪的黑暗里，我看到你的形象被死亡的神秘裹挟，被来世未知的可怖光环笼罩。我呼唤你，整个灵魂都倾注于你；我呼唤你，当你如受伤的鸟儿在全速飞行，你的影子把我撕碎。

　　当我意识到，我或许再也无法见到你，痛苦的波涛涌上我的心头，生命之美就此消亡，灾难的眩晕席卷了我的大脑。

　　你强壮又帅气，表情平和，面朝天空。

　　阿奴阿利，悲伤没有把我逼疯，也没有把我杀死。它让我的灵魂越来越重，如同一个永远都在颤抖的铅块。夜里，我惊奇地聆听自己声音的回响，它还在找寻你，还在等候你的回应。黑暗的事实让我悲痛欲绝。难道你的魂魄也消逝了吗？

　　不，不！你就像颗星星，充满了活力和能量，怎能在永恒的冰封中消亡？

EN LA QUIETUD DEL MÁRMOL

VIII

自你走后，我的眼睛和耳朵还在窥探你的影像……你的脚步；我热切地渴盼着你的复活，同时也在一步一步走向死亡。

在那些灰暗的日子里，当寒风呼啸，我能看见你的双眼——你圣洁的灵出现在纯白的裹尸布里，夜露和大地神圣的亲抚改变了你的容颜。

当太阳把钻石撒满人间，我在繁花中呼吸你，我在林莽中凝视你，我打着滚占有你。在芬芳的草丛间，我醉倒在爱恋里。

当月亮把它谦卑的祝福献给人类，我看见你高大的身形显现在一束纤瘦的闪电中；我看见你伟岸的身躯与不朽融为一体，你的宽恕飘散在世界的上空，缓解了众生的绝望与悲苦；我在大气中呼吸你，在神秘中想象你，从虚无中带回你。

　　于我而言，世界的存在只为助我将你召唤，而太阳，对我来说也只是这崎岖路途中的一盏提灯。

IX

　　我把头埋在双臂间，昏昏欲睡，像个孩子，翻来覆去念着同一个词：你的名字。

　　是啊，阿奴阿利，我困了，很困很困了；在你永远闭上双眼前，扰乱你灵魂的也是这种困倦。

　　我的双唇犹如念诵祷文，一个接一个蹦出你名字的音节，我的双臂无意识地张开，找寻你头发构筑的温暖巢穴，我想要躲藏其中，或者死在里面。

　　阿奴阿利！阿奴阿利！

　　我胸中的哀怨与恳求，如同一眼沸腾的泉水喷涌而出。而这些迷失在混沌中，永远无法将你触碰。

　　多可怕啊，我也不明白，我的身体为何

没有屈从于这么艰难的重负。

　　没有你的生活多么凄惨，我艰难地向前爬行，仿佛一个卑贱的乞丐。

EN LA QUIETUD DEL MÁRMOL

X

时光流逝，像荒原上滴落的铅雨；时光向你奔涌而去，而我在此停留；我停留在阴影里，沉默不语，周遭是阴郁的痛苦，如铁丝网般将我包裹。

我的宝贝，两个月前的今天，你进入一座石窟，也进入我那颗麻木，却渴望流泪的心脏。

已经两个月了！苟活的我看着你的棺椁穿过公墓大门——那门有着豺狼的犬牙，不会再为沉睡的灵魂打开。

在这两个月里，除了我给你的轻盈羞怯的花，你再没了其他温存。可怜的花啊，它们是爱情的唯一证据，是痛得打颤的神圣祭奠，是你尸体之上的我的灵魂。

两个月了。我那双祈求爱抚的手，妄图在你的棺椁上得到一点点温柔；但那木头贪恋它所保管的宝藏，铁石心肠，似乎未曾经历这种痛苦。

什么也没有了，我的阿奴阿利！你墓室的深处了无生趣，就像远方的狗群，世间的喧嚣，影影绰绰间人群的晃动，在这些移动的阴影间，没人知道它们从何而来，去往何处，因为大家都害怕探查真相。

两个月前的今天你走了。时钟还在转动，它的嘀嗒声折磨着我的大脑，摧残着我的思绪，它拖着悲伤的脚步走向虚假的永恒。

两个月了，我再也无力承受这样的痛苦。

29

XI

　　窗帘晃动，光影颤抖。我向这夜晚声嘶力竭地发问，是不是你，让这一切充满了生机。

　　阿奴阿利。

　　我躺在床上，只听见我胸腔里的心脏在狂怒敲击。

　　我周遭的一切都沉浸在神秘之中。家具在互相诉说着悲伤的秘密；大门抱怨永远让人费解的门槛，它们等待之人永远不会再来；我甚至觉得，连电灯，也在揣测着某种无声的绝望。

　　那些肖像画带着心碎遗憾的表情看着我。阿奴阿利，阿奴阿利！我已经知道，我的哀鸣会在虚空的无情深渊中迷失，毫无回声，

但我不会屈服于此，我会不停呼喊你，紧握
一个并不存在的幻想。

EN LA QUIETUD DEL MÁRMOL

XII

　　和往常一样，今天我去看你了；这是属于你的日子，也是属于所有永恒沉睡之人的日子。我用红色康乃馨盖满你的棺椁，想象它们的芬芳可以穿透木板，给你带去甜蜜的凌冽。

　　我头倚在棺材上，深深地想念你。

　　神圣的平和为我的灵魂披上一袭洁白的长衫，遮住了我所有的痛苦。

　　我的痛苦中没有绝望。

　　我明白了，我的爱人，对我来说，通往永恒的大门已经由你圣洁的双手全然推开。

　　我也看到自己拥有了翅膀，可以展翅高飞，与你相遇，这让我感到安慰。

　　那大门的钥匙藏在你的灵柩之中：你把它紧握在右手。当我难以忍受这悲惨的抗争时，我就去找它。我会像母亲吻醒孩子一般，用亲吻打开你的手掌，将你的手握在我的手中。我们将一起向着太阳前进，寻求它的婚礼祝福。我们是不朽的光之子，跟随星体的照耀前进，只为给我们明净的头颅戴上皇冠。我们将在陶醉中前行，平静而荣耀，如同一束孤单的蓝色火焰——那是音乐创造者的灵魂之火，也是他为自然女神谱写的精妙弦乐。

我们穿过洁净神圣的空间，高唱永恒的复活*。

……

靠着你的棺椁，我的额头就变得苍白，我的眼睛也开始观察找寻那扇大门。

* 原文为拉丁语。

33

XIII

夜晚，我钻进我的卧室，如同进入一座神庙，双膝跪地，虔诚无比。因为你的肖像在这里，看着我，带着宽恕之中的无尽善意。

我亲吻那冰冷的玻璃，透过它可以看到你的双唇。我眼中热切明亮的光芒照亮了你的眼睛，这让我感到欣慰。

我将双手放在你额头，在灵魂悲惨的震荡中，乞求你的陪伴，希望你温暖的保护能伴我于床榻；在热切的渴望里，我向神秘恳求，愿沉默的裹尸布能盖在我的身上。

我同你的肖像对话，我的宝贝，在它之上，有种既童真又深沉的事物如花般散落；我哭，我笑，我感到你在我怀里，我唱歌给你听，仿佛你是我所生养的孩子。

你为我所生；为我而生,活在我的身体里,因为对其他人而言, 你已经死了。

　　我给了你我心脏中最崇高的血液, 我把你我的命运永远结合在一起。

XIV

在我单调反复的悲伤中，我找到了一丝轻松，就像一个疯子，在支离破碎的语句里，体会着低廉的兴奋。

我爱你，阿奴阿利⋯⋯

你尸体留下的温热仿佛是我身体中一剂不眠的毒药。我的四肢在神志不清中痉挛扭动着，哀求你身体的轻抚——你年轻的肉体，带有春天的香气。

我的嘴渴望情欲。是的，阿奴阿利。在扭曲的占有欲中，绝望的哀号从我破碎的骨肉和心脏中撕扯逃离；在快乐和痛苦的抽搐间，你的名字出现在声声叹息中。

我还在渴望你，渴求你的亲吻。

你的灵魂光芒万丈，如同太阳，让我看

坏了眼睛。

我的唇在渴望中微张，等待你爱情的琼浆。

时光流逝，白雪的慰藉也无法治愈火焰给我的灼伤。

……

春日里，盛会耀眼，熠熠生辉……

一束圣洁的闪电给鲜花穿上钻石般闪耀的长衫。

面对这讽刺的美好，我的心愈加强烈地感受到你庄严的孤寂，它藐视浮华，献身于你，用它忧郁的软纱保护你。

我来到你的墓室，来到你狭窄可怜的洞穴，我想要变成天鹅绒把你包裹起来，把你

37

包裹在我的身体里，给你一点爱意——我的宝贝，这样你就不会觉得，所有人都把你当作一个累赘。

当你冰冷又孤单地躺在公墓中，我的身体无法产生唤起生命的能量。在这痛苦的墓室之外迸发的一切幸福，都是灾祸涌动。

我的阿奴阿利，一想到你不复存在，我的身体就失去知觉。

XV

我病了。在悲伤的眩晕中，我炙热的手从书上滑落——那是自我麻痹和自我遗忘的庇护所。

我没有试着翻开它们，那毫无意义：我早把它们看透了。它们能告诉我如何才能把你从我脑海中抹去吗？它们只是在仍然闪烁着你面容的我的瞳孔中留下了一块黑色墨迹。我的痛苦垂死挣扎；我的悲伤粉身碎骨，就像殉道者的长衫，被马戏团的野兽撕得粉碎。

仿佛有巨人的手指在挤压我的太阳穴，仿佛有墓碑掉落在我的眼皮上。

阿奴阿利，阿奴阿利！

悲伤让我的血液沉重，如同冷却的岩浆流淌在我的静脉。

我病了。在我周围，生命——那永远年轻快乐的女神——无情、残忍又毫无察觉地歌唱。

那嘈杂的喧闹声让我想起一个醉酒的小丑对尸体的亵渎。

痛苦的震动打乱了美妙的乐章，它与我内心的弦乐抒情合奏，点燃我灵魂的盛宴。

我悲伤得像一只遇上暴雨的鸽子，孤单影只，远离巢穴。

XVI

阿奴阿利……

我给你带来一束纯洁的牡丹。我把它放在你的棺材上，好像天空把星星落在了上面，美得让我着迷。

我想用我的唇触碰那白色的花瓣，而我灵魂的天空降下无数的吻，无尽的爱之吻落在你无梦的躯体上。坟墓的甜蜜侵入我的大脑，如同一场玫瑰花浴，将它从对你的渴望中冷却。

我的肉身，被安息在你四周纯白贞洁的先祖骨灰所净化。

阿奴阿利，我的宝贝。

如果我的悲伤永远都如此柔软，甚至能变成鲜花和亲吻，那我将以这闪耀的炙热来颂扬苦痛；我将找寻它，如同找寻最肥沃的精神养料。

　　阿奴阿利，失去你的痛苦是将你我永远连结的、唯一的人性羁绊。

　　我爱你，我对你诉说，在我为你洒下的花雨里，也在我的痛哭里——它是那么猛烈，就像大海的潮汐退去。

　　从我的生活到你的坟墓，再从你的坟墓回到我的生活，这就是我的宿命。

XVII

阿奴阿利，吾爱。

我时光里所有的欢愉，都停留在你墓间，我头枕棺材，抛撒鲜花。

在我无边无际的孤独中，那是一种甜蜜的占据。

宝贝，我感觉到了你，在我眷念的疯癫中，没人比我更有权利占有你的尸体。

当我进入墓室，你不在熟悉的卧榻上，这无异于用铁棒给我的头来了一记重击。

当我像母狮找寻巢穴一样找寻你，终于在一个狭窄的壁龛将你发现，我的痛苦无以复加，仿佛你再次死去。

我好冷！我的身体仿佛也感受到了你的身体被挤压在那狭窄的石头监牢里的痛苦！

我再也不能给你带去鲜花，再也不能跟

43

你分享春天的感觉，再也不能用花瓣、亲吻和眼泪给你的居所带去一丝清凉。

XVIII

阿奴阿利，我亲爱的宝贝，你把我生命中的黑色蜡烛吹往梦境的天堂。

我的宝贝，你表情严肃永远不变，姿态威严，为我指引通往永恒的光明之路。

他们夺去了你的棺材——它原本在我唇边，这让我感到可怕的绝望，仿佛抢走一个母亲的摇篮——她的孩子就死在里面——以此来折磨她的心脏。

阿奴阿利，吾爱。

我抽泣着，几乎无法呼吸，离开那公墓；眼泪打湿我的胸膛，好像一颗没有尽头的项链上的珠子。

在我床上——也是我写作的地方，有六张你的肖像陪着我；我挨个对它们讲话，就像它们能听到一样。

一座普通的钢质基督像陪着我，这位圣人见证了我的痛苦。

他死去是为拯救世界，而我则因为一份触不可及的爱，行将就木。

我们是兄妹，因生命中独特而高贵的缘由紧密相连；现在我们紧紧相拥，这让孤独的我们变成唯一的真理：死亡。在毫无可能的情况下，基督与我融为一体。

我在手间感到我头部的重量，就像全人类的命运汇聚于此。

如同一个由两块大理石支撑着的世界；如同一个处于内在灾变中的星球。

我的双手再也不能为你抛撒花瓣，而我的眼泪，是露水，如湍急的暴雨淹没万物，摧毁伤悲，只留下华美的废墟——那是我灵魂的堡垒。

EN LA QUIETUD DEL MÁRMOL

XIX

　　我惊醒了。时钟指向两点，肃穆的钟声回荡在我脑海，仿佛末日审判的宣告。

　　我从床上起来，恍若一具死尸，受到神秘力量的感召，在墓中坐起。我惶恐于这种神秘，不知道自己是谁，身处何方；我想逃，在疯癫的焦虑中撞上黑暗——我下坠的身体遭到干涸的一击。

　　我张开双手，像一只幼虫伸出触手，在黑暗中找寻方向；我的眼睛放肆张开，想要在黑夜中凿出孔来。

　　我双脚无法动弹，定在地上，如同两根铜柱；冷雨打湿了我的额头，致命的液体滴落在我的胸口。

　　我害怕、发抖，找不到灵魂迷宫的出口，想要屈服。这时，我忆起我年少时的美好，于是跪倒在地。我唇间念出一句祷词，一句真挚的祷词献给我的上帝，阿奴阿利。

我双眼紧闭，双手高举，我的灵魂向上天恳求，虔诚而专注，希望赐予阿奴阿利他渴求的平静。

过了好些时辰，曙光哼着满是活力的音调，包围了我阳台的玫瑰。那生命的光芒让我意识到时间的流逝，我这才晃过神来。当我为你的肖像癫狂陶醉时，夜晚已经过去。

你面带微笑，平静柔和，仿佛受到星星的启发，我则双手抱着朝拜的圣物，回到床上。

我睡着了，感到愉快。我梦到我死去，和你一样，成了一片完美无缺的暗影。

阿奴阿利，你是幸福的，因为你向一个灵魂赠予了两种最为剧烈而美丽的情感：痛

49

苦和死亡。

　　阿奴阿利，阿奴阿利。如果我有一把死神的镰刀，我会用它收割世间所有鲜花，将它们放在你藏身的墓碑上，当作一份谦卑的投名状。

XX

　　每晚，我都行如梦游来到我的书桌前。

　　那里也有一张你的肖像，它给周遭一切都散布了一层薄薄的爱的光芒。

　　多少次我在这些纸张里耗尽心力，终于触到我灵魂的内核。之后，在精疲力竭的虚脱中，我在等待，头埋在两手间，等待来自远方的你的呼喊。你让人怜爱的声音，来自被灵魂禁锢的雾中彼岸，而灵魂，栖居在已死的躯体里……

　　阿奴阿利，只有梦着你，我才能活下去，当我沉睡，你慷慨给予我的无尽爱意让我身体颤抖；你耗尽了我脑中的细胞，却让我愉悦。

　　我等待唤醒你的身体，它的重量曾在我

51

心上停留；而我唇间，则是你炽热的嘴留下的凌冽厮磨。

我耳朵里还珍藏着你声音穿透性的旋律，如同乐音。

阿奴阿利，你还记得吗，在没有火炉的冬日长夜，我们紧握双手，相互取暖。你给我讲一些有关悲苦灵魂的鬼故事，后来连风晃动窗户都让我们感到害怕。

那时的我们是多么快乐，把生活当作一种简单纯粹的消遣，就像孩童的游戏。

现在你走了，生活变得多么面目狰狞！

我沉浸在那些只属于老去之人的悲伤中。

我是一个老去的孩子，阿奴阿利；二十四岁的年华把我引向了这一场灾祸，如同被一大捆树干碾碎。我只能时不时地睁大

眼睛望向天空，来确定在那虚空之内，你向
我张开双手，如同张开双翼。

53

XXI

阿奴阿利，阿奴阿利！我已经无力呼唤你，悲痛的呜咽斩断了我的声音。

阿奴阿利，我的叹息是风，汇聚了云雨；是海浪，昂首冲向海滩，猛烈地撞击，在高耸的岩石间归于泡沫。

阿奴阿利，暴雨在我内心咆哮。

我暴露在生命中；我诅咒悲惨的命运，它将我含苞欲放的爱情连根拔起，我没能回味它的馥郁，也没能醉倒在它无尽的柔情里。

我睁大眼睛，看着黑色的地平线。我惊恐地站在生命的边缘，灾难的可怕把一个巨大的问题扼杀在我嘴边。

XXII

阿奴阿利，如果人们老是看见我在公墓游荡，就像一只孤独的胡狼，他们一定会觉得我疯了。可这只是因为糟糕的命运变化无常，带走了一个天鹅绒般的灵魂。

阿奴阿利，我空空如也的脑袋思索着，我将成为何人。有时我会在昏昏沉沉中虚掷岁月，只愿思绪在遗忘的尸骨中沉睡。

阿奴阿利，我想和你的尸骨融为一体，即使它已被自然界中的动植物侵蚀；我想和你一样，变成宇宙的泥灰——那奇妙的泥土，将会塑造出未来的神灵。

阿奴阿利，为了接近你，我会忍受在草木，

鸟兽，大海，云朵，以太*，甚至是思想之间蜕变。为了接近你，我将聚集能够点燃风的神秘之力，我将像流星一样在无尽中穿越，只为与你擦肩而过，就像星体划过天空。

阿奴阿利，阿奴阿利，我的甜心，在我遥远的思绪里，你仍让我意乱情迷。像光一样，我渗透到自然中，揣测它在经历巨大孤独和悲痛时刻的细微表情。

而我，要如何才能原谅人类的堕落和软弱！

---

* 以太是亚里士多德所设想的一种物质，古希腊人以其泛指青天或上层大气。

XXIII

　　如同那些灵魂，栖息在修道院中，藏于或白或黑的薄纱之后，我的灵魂也在与生命的倾诉和与死亡的密谋中改变了它的外貌。

　　阿奴阿利，比起生命中玫瑰色的幻想，我总是宁愿面对事实的永恒混乱。它们中一个将我指引向你，另一个为了让我堕入微不足道的欢愉，以地狱般的诱惑将我同你分离。

　　自三个月前，我就活在关于你的记忆的禁锢中；我的灵魂也变得轻盈，如同一抹蓝色飘在半空。阿奴阿利，人们用甜蜜美好的承诺把我从你身边抢走，他们诱惑我，就像路西法去追随山中的基督*。我曾经多少次将其

---

* 传说耶稣曾在一个山坡上对十二使徒和众多百姓发表了一段讲话，即"山上宝训"。当时在场的百姓中有人患有疾病，都被耶稣治好了。

跟随，只为稍稍忘却你离去的可怕悲哀；但我更想死在你脚下，在痛苦中被肢解；我更想亲眼看到我肉体腐烂，被阴暗的蛆虫狼吞虎咽。阿奴阿利，难道世间的恶无边无际吗？难道痛苦是如此不堪一击，让善良的人变得邪恶，让邪恶的人变得更加邪恶吗？痛苦使崇高的灵魂神圣，使卑微的灵魂堕落……这是毫无疑问的，阿奴阿利。

XXIV

　　徘徊在寂寞的树林里，在静若死水的池塘边，我想起那些灵魂的悲哀，它们诞生于阳光或是月光之中，环顾四周发现自己是孤儿。

　　我明白爱情的缺憾，在快感之中我们相信了崇高；我明白，在亲吻里，在肉体的托付里，寻找的是遗忘的毒药；这让男人成为上帝，女人成为圣杯，成为保存汁液的器皿，这就是造物的生命。

　　阿奴阿利，我明白，亲爱的上帝已经死去，他爱人的五脏六腑都被痛苦撕碎，沉溺于悲伤寂寞，而她没有接受一丝融化的珍珠带给她的甜蜜，就像失去主人呵护的古董双耳瓶，默默哭泣。

XXV

今天我给你带来了茉莉花。

洁白的花透着清香，如同白色的蝴蝶，沉睡在石头上。

下雨了。雨水羞怯地在公墓的地砖和石碑上歌唱，涓涓细流从墓间的缝隙流过，急切地想要滋润死者的嘴。

乌云载以神力，在天空的孤寂中爆发出喧嚣。

我的头已经对生命毫无知觉，接受了雨的亲抚，像一只欣然出浴的小鸟，在雨水温柔的滴落下，一动不动。

你在那里，在我额头上方。

我的手静静地放在你的棺椁上，感到了一种沉醉的静谧，就像在涅槃中沉思的印度神祇，手中保管着一个愉悦安宁的秘密。

你就在那里，在大理石的小房子里避雨；你睡着了，就像一个玩累的孩子。我的阿奴阿利。你的居所真是太狭小了。

能不能再有一小块地方，也让你的小妹妹我来躲藏？

但沉睡的人是自私的，他们忘了守候在窗下的可怜乞丐，除了悲伤，别无庇护。

天色渐暗，我听到公墓将要关门的钟声。我与你告别，想起那个八月的夜晚，你还记得吗？那晚我们亲吻了二十遍，说了再见后，又转身回来，再紧紧相拥了二十遍，不忍分离。

噢，阿奴阿利！当我的心被痛苦的阴影所笼罩，它怎能不在暴风雨中咆哮？

XXVI

冰霜从我窗户的缝隙残忍地渗透进来，冷得我直打颤。

我深深地思念你，思念你柔软的吻，我多么渴望跟你肌肤相亲的温暖——我们曾相互纠缠，像是一条皮质的绑带。

你曾是我的至爱。是那细弱的、镀金的光线，照亮阴暗的洞穴——那是我野兽一般自我怀疑的栖身之所。

我和你感同身受！

你可曾知道，我的灵魂穿过了多么厚重的面纱，才能将你笼罩在光芒万丈的爱意里，虔诚纯洁地将你欣赏？

阿奴阿利，那床，那枕头，甚至那镜子似乎都保留着你的影像。

你存在于我的每个目光所及之处，当我呼吸，你的气味从我身体中穿过；当我诉说，我词句的回声仿佛是在模仿你的声音；你的吻播种在我的唇，把我的嘴变成了一块麦田。而如今，在你永恒的缺席里，这些谷粒都变成了爱慕的花；你的轻抚在我身体上留下了独一无二的刻痕，满是阴影和珍珠贝般的淡影，使我再也无力好好生活。

　　阿奴阿利，我中有你，你中有我。

XXVII

你的肖像在我眼前,给我启迪。我看着你,心中柔情满溢。

我的鸟儿啊,你为何离开?

我曾如此爱你,在天堂里一定有人继续爱你。

我沉醉于你的存在,就像鸟沉醉于花的馥郁。

既然你要把我弃于干渴,为何要让我在你嘴里尝到生命的佳酿?

我形如枯槁,犹如一盏燃尽的油灯,挣扎在无尽的痛苦之中。

我手腕上镯子发出声响,如同死亡之钟的铃舌突然震动。我凝望那片天空——那是你的所在之处,幻想中的象牙塔陡然崩塌。

我的眼，我的嘴，我的手，都扭曲得如同被炽焰轻抚过的树干，却饱含温柔。但你不会来了。我将低下疼痛的额头，就像一棵已经放弃等待月亮爱抚的树木。

XXVIII

　　我孤单一人，沉迷在稿纸和书页里，我们爱情的回忆，身着白衣，出现在我面前。

　　你美好的双手，曾紧紧握住我的双手。如今它们却以一种永恒的姿态远在天边，这让我感到疼痛。

　　它们是那么高贵纯美，让我憎恶其他伸向我的一切。

　　我只想要你白皙的双手——它们就像哀伤病态的百合花。

　　我想要你坚定的双眼，在我们水乳交融的热烈风暴中，也怀着兄长般的爱……还有你的嘴角，带着一个孩童的机敏，无所不知，却又不谙世事……

　　你蜷缩着，紧贴我的身体，渴望着死亡，

渴望着生命……

　　而你的灵魂是圣坛，熄灭了我的不安和理想主义的火焰，让我陶醉在崇高的睡梦里……

　　是的。你的手，你的眼，你的嘴，你的身，你的灵。

　　是的，都是我的，我呼喊你，我需要你，我需要你……你已经走了，我的鸟儿。你已经走了，但你甜蜜的忧伤仍在轻抚我的耳朵。

　　如果可以死于幸福的倦怠，昨夜我已经死去，在梦中你来了，用你的脸颊贴着我的脸颊。

　　你是柔软的，阿奴阿利，柔软得仿佛水面上天鹅的翅膀。你是忧伤的，如同迷失在群山中的呻吟。你是美好的，像光一样。

你已经走了，阿奴阿利。但你苍白的面容，孩童般的天真，都印刻在了我的视网膜上，抚慰着我的内心。

沉默中悲剧的秘密，像一堵巨大的石墙把你围了起来；但我将靠近你。我的悲伤会把我变成一个纤细的幽灵，足以穿过石间的缝隙。阿奴阿利，我等你。

XXIX

我关掉所有的灯，只留下房间里的一盏，那小小的烛灯，仿佛守候在至高无上的圣殿里，传播着谜样的甜蜜。

钟已经敲了十二下，我还没有察觉到你灵魂的造访，还没有听到你在我耳边的絮语，还没有感觉到你的手抚摸我温顺的下巴。

我颤抖着，怕你不来，怕我所有的渴望都在痛苦的绝望中死于枕上。我颤抖着，阿奴阿利，我的爱人，我的宝贝……

当我唤起你，我的情爱是如此纯洁，而我就像一朵洁白的百合；我的灵魂变成了一只还未曾翱翔于天空的雏鸽。

你不会来了吗？

我把头埋进你曾无数次亲吻过的那只手

69

里。我感到世间的悲伤更加深沉，生活更加让人难以忍受。

　　阿奴阿利！你不会来了，你不会来了；我的悲观主义对我如是说，这声音曾对我预言你的离去，我曾爱过的一切都将离去。

　　你不会来了。我已不再期待你那双触摸不到的手抚摸我的额头，留下一丝冰凉，我在不安中颤抖。我的恳求、我有关爱情的呓语是否都只是徒劳？

　　救救我，把我从生命中解救，把我从自身的恐惧中解救，把我从心灵的苦痛中解救！

　　救救我，在邪恶的阴影将我笼罩之前，把我从大地抽离，将我拖进遗忘与屈服的可怕混乱里。

XXX

阿奴阿利，我看着镜子里，看着我的双唇，我的不羁。讽刺的是，它们为何还那样红润？你曾点燃我的双唇，如今你离去，它们应该在痛苦中苍白，就像我的心，我的手——它们是渴求死亡的神秘花朵。我能将我血红的双唇献给谁，而不留下用我的悲伤制成的蛇毒麻药？

你再也不会来祈求我的亲吻了。

我看着我闪亮的眼睛，它们就像太阳的子嗣——这吓得我赶紧把眼睛闭上。如果其中没有你的倒影，我不想它们明亮依旧……

你曾是我眼里的光辉，之后却像一团莽撞的火焰，置身海浪，进而熄灭。

阿奴阿利，你是我的神明。

EN LA QUIETUD DEL MÁRMOL

我的青春，就像一朵盛开的玫瑰，挥霍温柔，不敬鬼神，夜夜笙歌，咄咄逼人，不知廉耻，以此抗衡隐藏在忧伤和羞怯中的痛苦。

　　不，你不会来了，不会再从我身体中撕扯出因痉挛而颤抖的抒情音符，以及那在愉悦里断断续续的啜泣。

　　阿奴阿利！阿奴阿利！你是我灵魂、情愫和感官的盛期，是我生命的动机！

　　你可知道，如此突然地永远离开，会对我造成多么可怕的伤害吗？

　　我将把青春祭献给你，如同一个教徒祭献给她的神祇，这将是我对你的爱最好的纪念。

　　阿奴阿利……

XXXI

你曾向我走来；我没有等你，没有等待那幸福。

我曾失去一切，当你向我张开怀抱，我才将一切找回。

触碰我，我对你说。我会成为你心的信徒，它会用醉人的柔软治愈我心深处的伤口。我将为你而活，你眼睛的光泽将成为我的光亮，我的欢喜是充满信任地躲藏在你怀里；当我看见你嘴唇张开，我发自内心地笑；当你哭泣时我也会哭泣，我会在你的温柔中自得而愉悦地爱你；我会以永恒的情爱之火来爱你。

73

XXXII

　　我的生命属于你，是你把它拯救。

　　你曾邀我在自然的交响曲中畅游，当我的灵魂再度渴求阳光，你却如游魂般去往暗夜。

　　阿奴阿利，爱情美妙的祈请曾甜蜜地敲击我心灵，如同翅膀的轻舞……

　　我曾像疯子一样满怀激情地渴望爱情，我执着其中，长久以来我都在艰难找寻。

XXXIII

阿奴阿利，阿奴阿利，你为何离去？

我手臂扭曲，我脱口而出亵渎的词句，我眼神笃定，笃定得如同摧毁人类命运的魔星。热烈邪恶的黑暗之美散布在我额前的面纱，慢慢下沉到我的身体，就像杂乱的海草。

这是痛苦的，黑暗中痛苦的厄运。

阿奴阿利……

在你墓碑前，我的心已不再哭泣，它像大理石一样沉寂。

我的花被阳光烧灼而亡，仿佛历经沧桑的小老太太。

我的头靠着你的墓碑饱受折磨，焦虑地找寻那冰冷的安抚。

过去的每一天都是在我痛苦的地牢上穿

石的水滴。

　　仿佛摇曳的火苗，我的灵魂是狂风的玩物，它阴森恐怖，在我脑中废弃的空洞里呼啸，威胁并摧毁一切。

　　我活着，但已不知活着为何物；我也不能死去，因为我再没有力气来闭上双眼。

XXXIV

我走了……

唯一让我痛心的是，我不能亲手把花送去你的坟墓——贪婪的坟墓，让它守护你。

在我离去之前，我会在你坚硬的额头印下一个吻。像是一块石头在另一块石头上留下印记。

我离开只是为了逃离自己，从我的怯懦中逃离，从我的不安中逃离。

我不能死于痛苦，比死亡本身更强大的是扰乱我大脑的精神折磨。

我走了，就像一颗从星星上脱落的陨石——而那颗星星，坠落自血色的悲剧宇宙。

为了更加坚韧地承受其他悲伤，我走了。我走了，阿奴阿利，我向你发誓，直到此刻，

我都还在等待你的复活。我窥见了你的梦境，
以为它轻如云朵，现在我逃了，我已经知道，
它跟大理石一样沉重，阿奴阿利。我不在乎
这个世界，也不在乎衡量我行为的庸俗天平。
很少有灵魂跟我一样，爱过，占有过，痛苦过。

XXXV

阿奴阿利，再见。自此我的思念将穿越
山海奉献于你；自此我会用无尽热烈的回忆
守望你的遗骸。

我们不久就会再见的，我的爱人。

我的头颅是痛苦的深渊，思念在此翻滚
不停，仿佛倾泻的石头。

我试着冥想，思绪却被淹没，像黑暗的
念珠一样在虚无的悬崖上滚动。

世间只有一个真相和太阳一样伟大：那
就是死亡。

特蕾莎·威尔姆斯肖像

胡里奥·罗梅罗·德托雷斯（Julio Romero de Torres）绘

特蕾莎·威尔姆斯
[比森特·维多夫罗]*

　　在朱利安·多克斯的日记里，有一张特蕾莎·威尔姆斯的肖像。它是那么恰如其分，我特意将它挑选出来，就像挑出一朵喜欢的花。

　　特蕾莎·威尔姆斯是美洲最伟大的女性。她有着完美的面庞，完美的身躯，完美的仪态，完美的教养，完美的才华，完美的精神力，完美的优雅。

　　有时，你会遇见几乎跟她一样美丽的女人，可惜缺少她历经磨练的灵魂——只有见识过她所遭受的痛苦折磨，才能将其理解。

---

*　比森特·维多夫罗（Vicente Huidobro），二十世纪智利最伟大的四位诗人之一，与巴勃罗·聂鲁达（Pablo Neruda）、加夫列拉·米斯特拉尔（Gabriela Mistral）和巴勃罗·德罗卡（Pablo de Rokha）齐名，也是二十世纪拉丁美洲最优秀的先锋诗人之一。作为创造主义（Creacionismo）的奠基人和先行者，他为拉丁美洲先锋诗歌的发展做出了卓越的贡献。

有的女性有着和她一样高尚的灵魂，但却没有她横溢的才华。特蕾莎用创造性的幻想制造了一个又一个幻境。

　　她在情爱和痛苦中同样伟大。她不是那种因为恐惧或小弱点，就一再否认、侮辱梦里的那个名字的轻浮而卑微的女人。

　　她明白如何挺身而出，宣告自己的爱与理想，头颅高昂，好似一面胜利的旗帜，必要时候，她也能捍卫自己的心，至死不渝。

　　她不允许任何人践踏她灵魂可享受的权利。

　　特蕾莎直面痛苦，直面生活的悲剧，直面男人的琐碎卑微。她宏伟壮阔，如同风暴闪电之中的一尊雕塑，让人肃然起敬。

　　她璀璨夺目的眼睛，是一对双耳瓶，将她碧绿的香脂倾倒在生命之上，把芳香撒满世间每个角落。

　　多少人簇拥在她四周，却又有多少人能

够触碰到她心灵的深处！

这也让她遭人误解，流言蜚语啃食她的内心。甚至还有人（无疑最卑鄙的是那些自称是她亲密知己的人）在她死后，想暗示这样那样的荒唐事情——这只能让人发笑罢了。说得好像特蕾莎乐于接受仰慕者的倾诉和殷勤似的！

人们一点也不了解她。

"这些可怜虫，"她总是说，"他们觉得我是那种人，把内心深处的情感四处示人，把自己的心当成赌桌上的筹码，到处分发。"

特蕾莎！你的灵魂是一场花之震颤，其中的柔软并不为人性的粗鄙所动摇。

在一封信里，她对某人写道："无论你经过哪里，你都会唤醒那里的美妙，你就像表演杂技的明星一样散发着魅力。"有谁比她自己更适合这句话？她的美好扩散至周边一百

83

里格*，途经之地都留下异乎寻常的痕迹。

后来，她在一本书里发出灵魂的呐喊："你为何离开？是怎样卑劣的灵魂把谎言灌入你的胸腔？"之后她又写道："回到我温暖的怀抱吧，我会给你唱歌，直到我变成包含你名字的一个小小音符。"

多么高贵的灵魂，你的心一定饱受折磨！你的痛苦源于何种让人震撼的美丽！

一天晚上，你乘着沉默之舟，自沉默之河离去。渔民们都以为，那是罗蕾莱女神**魅惑了死神，穿行而过。她的哀伤在水面闪闪发光，因为她曾写下："我饱经沧桑，那是遗忘之舟唯一接纳的行囊。"

她胜利了，光芒四射，飘然而去。她曾说过：

* 里格，距离单位，在不同的国家或地区所指略有不同。比如，在西班牙旧制中，一里格等于5572.7米。
** 传说中居住在莱茵河里的女神，因为常坐在罗蕾莱礁石上，故得此名。她们白天潜伏在水底，夜间高坐在礁石上，瞭望往来的船只，用迷人的歌声诱惑经过的水手。水手们听到歌声往往迷失本性，无法自拔，驾着船直撞罗蕾莱礁石，粉碎而死。

"爱使你卑躬屈膝，却让我昂扬向上。"她是对的。

她死去那晚……一切都在恍惚的空虚中，混乱不堪。回忆被伤痛填满……是啊……当时在巴黎的林荫大道，人们纵情狂欢，行走高歌。那是平安夜的圣诞晚餐*。多么讽刺啊！蒙马特高地灯火通明，勃勃生机在歌舞磨坊**的星辰漩涡中迎风旋转。

我们，你记得吗，朋友？我们没有看到盛会的灯火。而是低下头，眼含热泪穿过人群。那是属于世界的夜晚。糟糕的夜晚。

我们俩在欢乐中一败涂地，苍老而胆怯……我们是两块破布，在沉默中爬上痛苦的阶梯，相互扶持，以免摔倒。在沉默中，在

---

* 原文为 Réveillon，在部分地区指平安夜或跨年夜的长晚餐。这个词源自法语的 réveil，意为"醒来"。
** 在巴黎蒙马特高地，曾有十多座磨坊，后来部分废弃，部分改为歌舞厅，其中包括著名的红磨坊（红磨坊从建立之初就是歌舞厅）。

沉默中，我们走着，走着……我们躲闪着目光，免得有人偷走我们痛苦的宝藏。

后来呢？

沉默的泪水滴落在心上。

她走了，她走了。还带走了她温柔的言语和包容的眼神。一次次的打击让她脆弱不堪，于是她走了。

多好的一位朋友啊！她总是伸出援手，是给疼痛的额头最甜蜜的枕头，是面对流言蜚语最能抚慰人心的微笑。

她走了……如今，你们感受到她的离去了吗？

在 1921 年的圣诞夜，当圣诞老人把天堂最精美的洋娃娃带到人间，他也把人间最精美的洋娃娃带去了天堂。

摘自维多夫罗作品《逆风》

出版于 1926 年

献给特蕾莎的一朵玫瑰花

[李佳钟]

奥 拉 西 奥·拉 莫 斯·梅 希 亚 (Horacio Ramos Mejía) 想要结束无望的爱情。1917 年 8 月 26 日，这位年轻的阿根廷诗人在他的情人特蕾莎·威尔姆斯·蒙特面前割腕自杀，年仅二十岁*。奥拉西奥不会想到，他的爱情和绝望，在特蕾莎的诗句里化为悲歌。他成为特蕾莎笔下的阿奴阿利，在一声声如泣如诉的呼唤中，一次次复活。

四年后，特蕾莎也选择结束了自己的生命。1921 年 12 月 22 日，她吞下一整瓶巴比妥，之后痛苦挣扎了两天，于 12 月 24 日在巴黎雷奈克医院 (Hôpital Laennec de Paris) 去世，

* 关于奥拉西奥自杀的具体年龄，各种资料众说纷纭，从 19 岁到 22 岁都有。这里采用了特蕾莎维基百科西语词条中的说法。

87

年仅二十八岁。特蕾莎也不会想到，她的痛苦与反抗，都随着她的作品流传至今。她短暂的生命如同流星划过天空。流星湮灭，那光芒直到今天还在闪烁。

1893 年 9 月 8 日，特蕾莎·威尔姆斯·蒙特生于智利小城比尼亚德尔马（Viña del Mar）的一个贵族家庭：她父亲是德国人，据说是普鲁士皇室的后裔；母亲是西班牙人，是智利前总统曼努埃尔·蒙特（Manuel Montt）的曾孙女。特蕾莎在七姊妹中排行第二，据说她父亲当时非常想要一个男孩，大概是这个原因，她并没有得到父母太多喜爱——这或许也激发了她叛逆的天性。

特蕾莎自幼受到了良好而严格的家庭教育。她学习语言、钢琴和唱歌，学习上流社会的社交礼仪。

她和姐姐卢斯（Luz）受教于同一位家庭教师，老师对二人的态度却大相径庭——对安分的卢斯充满鼓励，对叛逆的特蕾莎总是责备。在特蕾莎的日记里，她讲述自己被罚抄写"服从"（obedecer）这个词数百次。"在语法层面，我完全理解这个词。然而，我却从未想过将它实践。"

依靠着强大的语言天赋，特蕾莎学会了法语、英语、葡萄牙语、意大利语和一点德语。在姐妹们还热爱着洋娃娃的时候，她却热衷于阅读福楼拜、波德莱尔和魏尔伦——那是在二十世纪初，女性地位十分低下，即使她生在一个贵族家庭，阅读和写作也并不被鼓励。父母给她安排的一切教育都只是为了她将来能寻到一个如意郎君。

被禁止阅读的特蕾莎只有在大家都睡了之后才能偷偷看书。母亲发现了她的秘密，两人爆发了激烈的冲突。在大吼大叫中，母亲打她、掐她，把她的书撕成碎片。还是在日记里，她用第三人称写下：

"特蕾莎不快乐。"

1910年夏天，在她父亲举行的一次活动中，特蕾莎遇到了比自己大8岁的古斯塔沃·巴尔马塞达·巴尔德斯 *（Gustavo Balmaceda Valdés）。尽管遭到双方家庭的反对，当时才17岁的特蕾莎很快就和古斯塔沃结婚。她也自此同家人决裂。

两人婚后的幸福并没有持续太长时间。活跃在文化社交场合的特蕾莎遭到了丈夫的嫉妒。

"这女人不但阅读，居然还写作。"从古斯塔沃对特蕾莎的评价看，他显然不理解特蕾莎的文学抱负。1911年，特蕾莎认识了丈夫的表亲比森特·巴尔马塞达·萨尼亚图（Vicente

---

* 古斯塔沃是智利前总统何塞·曼努埃尔·巴尔马塞达（José Manuel Balmaceda）的侄子，而何塞·曼努埃尔还曾任上文提到的曼努埃尔·蒙特的秘书。何塞同议会的政治争执引发了1891年智利内战，后来战败，何塞开枪自杀。

Balmaceda Zañartu)。二人一见如故，无话不谈。
妒火中烧的古斯塔沃独自上门，拜访了自己
的岳父。面对女婿的恳求，老威尔姆斯这样
回答：

"如果你没有别的办法，就把她扔出家门吧。"

古斯塔沃考虑过这个问题，但他的想法
不一样：

"我要把她关起来，永远禁锢她。"

1911 年 9 月 25 日，古斯塔沃和特蕾莎
的第一个女儿埃莉萨（Elisa）出生。1912 年，
随着古斯塔沃的工作调动，他们举家搬去智
利北部城市伊基克。
在伊基克的日子成为了特蕾莎转变的关
键。她在日记中写道："在那里我学会了真正

的生活。我开始了解我所在阶层的妇女不知晓的秘密，真正的物质与道德的苦难；那些卑微、琐碎的心灵和激情，还有伟大的恶习。（我也了解了）一个人所知道的一切。我的灵魂从考验中走了出来，但却感到厌恶，还有永恒的苦涩。"

1913 年，西班牙记者、著名女权活动家贝伦·萨拉加（Belén Sárraga）访问智利，举办了一系列公开讲座。自此，智利开始了有组织的女权运动。贝伦停留的城市也包括特蕾莎所在的伊基克。受到鼓舞的特蕾莎在第一时间积极投身女权、工会及新生的改革派运动。与此同时，她开始以笔名在当地刊物上发表文章。同年 11 月 2 日，她和丈夫的第二个女儿西尔维亚（Sylvia）出生。

特蕾莎在日记中这样描述在伊基克的生活："我们住在一个破旧的旅馆里，但那是港

口 * 周围最好的旅馆，附近是各色外国佬和智利人，商人、医生、记者、作家、诗人等等。或多或少过着一种波西米亚式的生活。晚上聊天，白天睡觉，下午写作。我是那些聚会上唯一的女人……我酗酒、抽烟、尝试致幻剂 **……我是无政府主义者，热情洋溢地谈论宗教，不过我这样做只是为了反对宗教。我已经开始接受共济会的思想。"

1915 年 2 月 28 日，应古斯塔沃邀请，比森特来到伊基克，协助古斯塔沃投身政治。再次相见，特蕾莎和比森特之间的情愫复又燃起。数月之后，古斯塔沃翻阅两人的信件，掌握了特蕾莎出轨的确凿证据。

经 家 事 法 庭 （Tribunal familiar） 审 判，自 1915 年 10 月 18 日起，特蕾莎被禁闭在位于圣地亚哥的珍血修道院（Convento de la

---

* 伊基克是港口城市。

** 原文为 éter，乙醚。

Preciosa Sangre）。不但如此，她还失去了女儿的监护权，这给她造成了巨大的打击。在修道院里，特蕾莎每天祈祷，写日记。用她自己的话说，"日记让我活了下来"。

1916年3月29日，特蕾莎试图自杀，未果。同年6月，在诗人比森特·维多夫罗的帮助下，她终于从修道院逃离。两人马不停蹄，一同前往布宜诺斯艾利斯。

布宜诺斯艾利斯成了这两位智利诗人文学之路的里程碑。在这里，维多夫罗阐述了他的创造主义理论，自此奋勇向前，成为了拉丁美洲最伟大的先锋作家之一。而特蕾莎也在此获得了新生。

正值二十世纪初期，世界日新月异：尼采高呼上帝已死；弗洛伊德试图探索心灵和梦境；爱因斯坦提出了相对论，颠覆了整个世界的认知……世界在蓬勃发展，艺术家们也在摸索新的艺术形式。欧洲的诗人开始在达达主义、未来主义和超现实主义中表达自由，拉丁美洲的诗人也不再满足于从欧洲诗歌中找到的灵感，维多夫罗、聂鲁达和巴列霍等伟大诗人都在先锋派中找到了自己的道路。

而特蕾莎有着不同的想法。比起形式上的革新，她更专注于内容上的探索。她坚持现代主义写作，往内心剖析，就如同她从小写到大的日记。她发表作品，很快得到了文艺界的认可，还认识了维多利亚·奥坎波和博尔赫斯等作家。

很快，年轻的阿根廷诗人奥拉西奥深深地爱上了特蕾莎。然而，在上一段感情中深受折磨的特蕾莎不再信任亲密关系，她对奥拉西奥的爱没有做出太多回应。1917年8月26日，敏感而绝望的阿根廷诗人选择自我了结，在特蕾莎面前割开了自己的手腕，最后死在特蕾莎怀里。

同年，还处在悲痛中的特蕾莎出版了自

己的第一部著作《多情的不安》。这部深情的作品包含了 50 首 * 动人的散文诗。正如特蕾莎在第一页所言，"我并没有试图制造文学"。她的写作就像一把刀，剖开了内心的伤口。她对痛苦的认知，对世界的感受，对逝去爱人奥拉西奥的深切缅怀，都从伤口喷涌而出。这本书受到了布宜诺斯艾利斯文学评论家们的好评，很快售空并重印。之后，她的另一部作品《三首歌》（*Los tres cantos*）也在布宜诺斯艾利斯出版。然而，还未从失去爱人的悲伤中走出来的特蕾莎决定再次出走。这次，她登上了一艘去往纽约的邮轮。

1918 年的第一天，邮轮还在海上航行，悲伤过度的特蕾莎准备跳海自杀，幸好一位乘客将她救下。可当她踏上美国的土地时，她的德国姓氏、碧眼金发以及她独自旅行的行为都让美国警方怀疑她是一名德国间谍。

---

* 准确地说，是前言和 49 首散文诗。

她在爱丽丝岛*被关押了两天。重获自由之后，她再也不想于美国停留，直接登上了另一艘去西班牙的船。

特蕾莎抵达马德里。她优雅且才华横溢，很快又融入了西班牙的文艺圈。就在1918年，她的作品《在大理石的沉默中》出版。

从书名**就能看出，这两本书一脉相承。同样是悲情的散文诗，《在大理石的沉默中》比《多情的不安》更多了一种绝望的深邃。如果说《多情的不安》更多是在描绘痛苦，《在大理石的沉默中》则成为了死亡的颂歌。在这本书中，特蕾莎对已故爱人的呼唤更为热烈。七十多声"阿奴阿利"仿佛成为了咒语，成为了祷词，在绵绵不绝间就要突破生死。特蕾莎勇敢地把自己的悲痛、懦弱、犹豫、坚决和情欲都通通示人，一丝不挂，血肉淋漓。

---

* 位于美国上纽约湾的一个人工岛，曾是美国主要的移民检查站。
** "沉默"的西语是quietud，就是"不安"inquietud去掉了否定前缀in。

最后以一句决绝的诗戛然而止：

"世间只有一个真相和太阳一样伟大：那就是死亡。"

这本书大获好评，众多西班牙名流将特蕾莎视作红颜知己：胡里奥·罗梅罗[*]为她画像，拉蒙·德尔巴列-因克兰[**]为她的作品《阿奴阿利》作序，希梅内斯[***]也是她的好友，当时的西班牙国王阿方索十三世还送了特蕾莎一个珠宝做的十字架——因为特蕾莎在签名时，总是画一个十字架来代替她化名的结尾"克鲁斯"（Cruz）。

1919年，《阿奴阿利》在马德里出版。同年，

[*] 胡里奥·罗梅罗·德托雷斯（Julio Romero de Torres），西班牙象征主义画家。
[**] 拉蒙·德尔巴列-因克兰（Ramón del Valle-Inclán），西班牙剧作家、小说家和诗人，西班牙"九八年一代"代表人物之一。
[***] 胡安·拉蒙·希梅内斯（Juan Ramón Jiménez），西班牙诗人，1956年诺贝尔文学奖得主。

特蕾莎又在阿根廷出版了另一部作品《献给童心未泯之人的故事》（*Cuentos para hombres que son todavía niños*）。看起来，依旧年轻的她似乎走出了阴霾，往后尽是大好人生。

意料之外的事情发生了。特蕾莎曾经在伊基克的女仆告诉她，她前夫的父亲要去法国执行公务。他们会举家搬迁去巴黎，自然也会把特蕾莎的两个女儿都带去。整整五年没有见到女儿的特蕾莎毫不犹豫，收拾行李登上了开往巴黎的火车。经过争取，她每周四和周日都可以和女儿在一起——那大概是特蕾莎一生中最快乐的时光。

快乐是短暂的。1921 年 10 月，巴尔马塞达一家回到智利，特雷莎再次失去了她的女儿。她把自己关在巴黎的公寓里，用写作、烟、鸦片和吗啡来抵抗悲伤。她写下的最后一篇日记如下：

"我感到身体不适。我从未认真对待我的身体，当它抛弃我，我没有怨言。我一无所有，一无所获，一无所求。我要走了，跟我出生时一样一丝不挂，对世事一无所知。我饱经沧桑，那是遗忘之舟唯一接纳的行囊。死亡，在感受之后，只是虚无……"

1921 年 12 月 22 日，深陷抑郁的特蕾莎吞下大量巴比妥，在痛苦挣扎了两天后，于 12 月 24 日平安夜去世。

特蕾莎曾写下一首名为《自我定义》(Autodefinición) 的小诗，这大概也是她一生最好的概括：

"我是特蕾莎·威尔姆斯·蒙特，
虽然我比你早出生一百年，
我的生活和你的却并没有那么不同。
我也有幸身为女性。
身为女性可知世事艰难。

你比谁都清楚这一点。

我强烈地活在我生命中的每次呼吸，每个时刻。

我将女性提炼。

他们想要把我压迫，却没能成功。

当他们对我不理不睬，我站了出来。

当他们留我孤单一人，我陪伴自己。

当他们想要杀死我，我给予生命。

当他们想要把我关押，我找到自由。

当他们不予我爱，我爱得更多。

当他们要我闭嘴，我大声尖叫。

当他们打我，我奋起还击。

我被家人，被社会，

钉在十字架上，杀死，埋葬。

我比你早出生一百年，

但我觉得你跟我一样。

我是特蕾莎·威尔姆斯·蒙特，

我可不是一般的小姑娘。"

在特蕾莎去世前几个月，曾有记者对她进行采访。记者问她："（如果有机会）你还想成为谁？"

特蕾莎的答案并不意外："还是我自己。不然那可太无聊了。"

特蕾莎死后被葬在巴黎拉雪兹神父公墓，距离奥斯卡·王尔德墓仅数米之遥。多年以前，我独游巴黎，一天之内走马观花三大公墓。彼时的我对特蕾莎还一无所知，在拉雪兹看过王尔德等等，便直奔几公里外的蒙帕纳斯公墓。在蒙帕纳斯，我忘记了长眠于此的科塔萨尔和波德莱尔，但冥冥之中，我为杜拉斯献上了一朵白玫瑰。

在阅读和翻译特蕾莎的过程中，我不时想起这位法国女作家。二人虽然文风迥异，但同为女权先锋，敢爱敢恨和反叛精神都贯穿各自的一生。我曾想称特蕾莎为"智利的杜拉斯"，而事实上，特蕾莎比杜拉斯早出生将近二十年。在群星璀璨的二十世纪拉美文坛，特蕾莎燃烧短暂的生命，亮起了属于自己的独特花火。无论如何，她值得我们更多目光。

若有机会重游故地，一定给特蕾莎献上一朵玫瑰花。

2022 年 2 月 14 日于成都

胭+砚
·project

图书在版编目（C I P）数据

在大理石的沉默中 /（智）特蕾莎·威尔姆斯·蒙特
著；李佳钟译. -- 桂林：漓江出版社，2022.6
　　ISBN 978-7-5407-9225-1

Ⅰ.①在… Ⅱ.①特… ②李… Ⅲ.①诗集 – 智利 –
现代 Ⅳ.①I784.25

中国版本图书馆 CIP 数据核字（2022）第 041679 号

© 版权所有　侵权必究

在大理石的沉默中

ZAI DA LI SHI DE CHEN MO ZHONG

作者
[智利] 特蕾莎·威尔姆斯·蒙特

翻译
李佳钟

出版人
刘迪才

品牌监制
彭毅文

责任编辑
彭毅文

特约编辑
陈岚

助理编辑
陈诗悦

书籍设计
臧立平 @typo_d

责任监印
陈娅妮

漓江出版社有限公司出版发行

社址 / 广西桂林市南环路 22 号
邮政编码 / 541002
发行电话 / 010-65699511 0773-2583322
传真 / 010-85891290 0773-2582200
邮购热线 / 0773-2583322
网址 / www.lijiangbooks.com
微信公众号 /lijiangpress

印制 / 天津联城印刷有限公司
开本 / 787mm×1092mm　1/32
印张 / 3.75　字数 / 21 千字
版次 / 2022 年 6 月第 1 版
印次 / 2022 年 6 月第 1 次印刷

定价

48.00 元

漓江版图书：版权所有 侵权必究
漓江版图书：如有印装问题 可随时与工厂调换

特蕾莎·威尔姆斯·蒙特
Teresa Wilms Montt 1893—
1921

智利作家，诗人，无政府主义者，女
权主义者。她生于贵族家庭，17岁
与家人决裂，在经历了被囚禁于修
道院、爱人在面前自杀等一系列悲
剧后，她在阿根廷开始了自己的文
学生涯。她的作品热烈又敏感，受到
评论家和读者的好评。1921年12
月24日，特蕾莎在巴黎服用过量巴
比妥自杀，年仅28岁。

李佳钟

生于1994年。译有《阿尔塔索
尔》。短暂停留过西班牙和拉美，现
居成都。